삼년 고개

글 신현배 | 그림 유승옥

4

옛날 어느 깊은 산골 마을에
숯장수*가 아내와 아이들과 함께 살고 있었어요.
숯장수는 날마다 숯가마*에서 숯을 구워
장날이 되면 장터에 가져가 팔았어요.
숯장수네는 가난했지만 늘 웃음꽃을 피우며 즐겁게 살았어요.

*숯장수 : 숯(나무를 구워 낸 검은 연료)을 파는 사람.
*숯가마 : 숯을 구워 내는 구덩이.

장터로 숯을 팔러 가는 날이었어요.
아내는 걱정스러운 얼굴로 숯장수에게 말했어요.
"여보, 삼년 고개*를 넘을 때 조심하세요."
"알았소. 얼른 다녀오리다."
장터에 가려면 고개 하나를 넘어야 했어요. 이 고개가 삼년 고개예요.
고개에서 넘어지면 삼 년밖에 못 산다고 해서 붙여진 이름이었지요.

*고개 : 산이나 언덕을 넘어 다니게 된 비탈진 곳.

그 날 저녁, 집에 돌아온 숯장수는 통곡을 하며 울었어요.
"아이고, 이 일을 어쩌나! 난 이제 오래 살긴 다 틀렸어."
아내가 깜짝 놀라 숯장수에게 물었어요.
"여보, 무슨 일이에요?"
"집에 오다가 삼년 고개에서 넘어졌지 뭐요!"
"네? 그게 정말이에요?"
아내는 얼굴이 새파랗게 질렸어요.
"당신이 죽으면 우리는 어찌 살라고……."
숯장수와 아내가 땅을 치며 울자,
아이들도 덩달아 울어 댔어요.

'내가 삼 년밖에 못 산다니……'
숯장수는 걱정만 하다가 그만 드러눕고 말았어요.
방에서 꼼짝도 못 한 채 끙끙 앓아 누웠어요.
"숯장수가 삼년 고개에서 넘어졌대요."
"저런, 어쩌다 그런 실수를 했을까?"
이웃 사람들도 모두 안타까워했어요.

그러던 어느 날, 이웃집 소년이 숯장수를 찾아왔어요.
"아저씨, 너무 걱정하지 마세요.
오래오래 사실 방법이 있으니까요."
숯장수는 한숨*을 길게 내쉬었어요.
"어림없는 소리! 내가 무슨 수로 오래 살겠니?"
"아니에요. 제가 하라는 대로만 하시면 돼요."
이웃집 소년의 말에 숯장수 부부는 귀가 번쩍 뜨였어요.

*한숨 : (근심이나 설움이 있을 때) 길게 몰아서 내쉬는 숨.

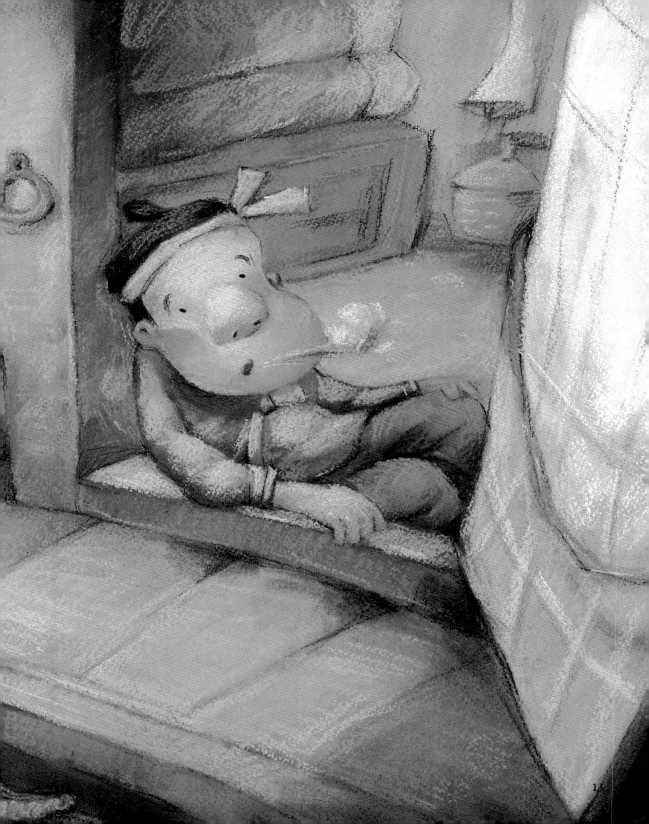

"아니에요. 제 말을 잘 들어 보세요."
소년은 신이 나서 이야기를 계속했어요.
"삼년 고개에서 한 번 넘어지면 삼 년을 사니까
두 번 넘어지면 육 년을 살 수 있지요?
세 번 넘어지면 구 년을 살 수 있고요."
숯장수 부부는 소년의 말에 고개를 갸웃거렸어요.

잠시 후 숯장수는 무릎을 탁 쳤어요.
"그렇구나! 고개에서 한 번 넘어질 때마다
삼 년씩 살 수 있다 이 말이냐?"
"그럼요! 삼년 고개에서는
많이 넘어질수록 오래 살 수 있다고요."
숯장수는 얼굴이 환해지며 뛸 듯이 기뻐했어요.
"애야, 고맙구나!
내가 그 동안 괜한 걱정을 하고 있었구나."

숯장수는 자리에서 벌떡 일어났어요.
언제 앓았냐는 듯 기운이 펄펄 났어요.
"당장 삼년 고개로 달려가서 실컷 넘어져야지."
숯장수는 삼년 고개로 부리나케* 뛰어갔어요.
"여보, 같이 가요!"
"아빠, 저희도 갈래요!"
아내와 아이들까지 숯장수의 꽁무니를 쫓았어요.

*부리나케 : 몹시 급하게.

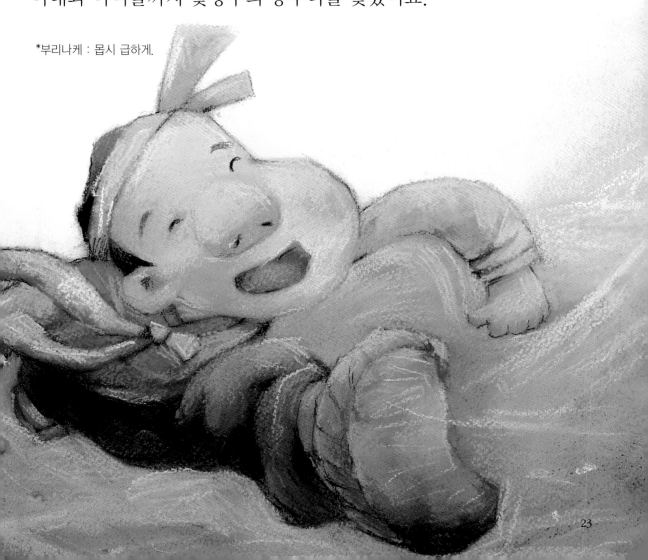

23

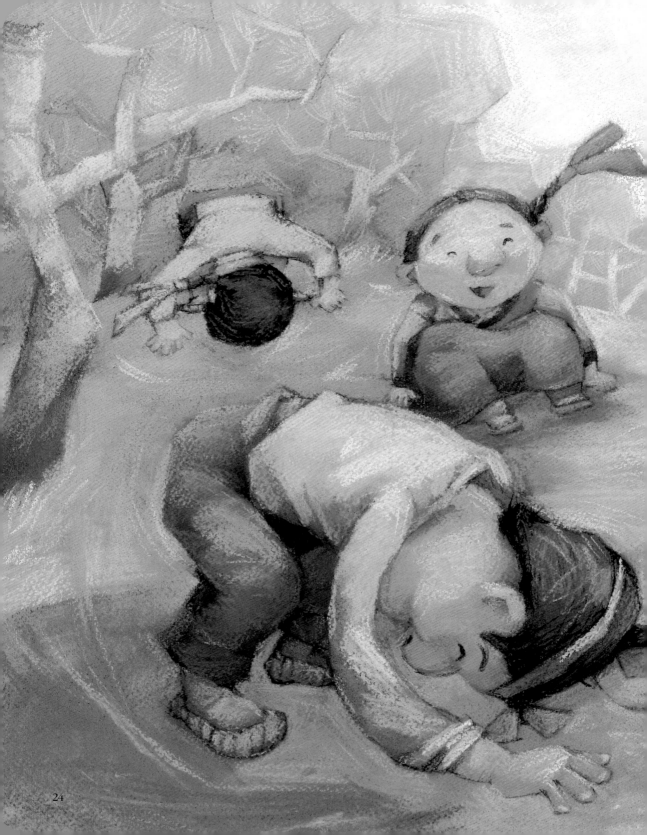

숯장수는 삼년 고개의 꼭대기로 올라갔어요.
그리고 데굴데굴 구르기 시작했어요.
"다섯 번 굴렀으니 십오 년, 열 번 굴렀으니 삼십 년……."
아내와 아이들도 숯장수를 따라 자꾸만 굴렀어요.
그 때 고개를 넘어가던 나그네가
이 광경을 보고 입을 떡 벌린 채 다물지 못했어요.
"아니, 지금 뭐 하는 짓이오?"

나그네는 어처구니없다는 듯이 말했어요.
"삼 년 고개에서 몇 번이나 데굴데굴 구르다니!"
"모르시는 말씀 마세요!
이 고개에서는 두 번 넘어지면 육 년,
세 번 넘어지면 구 년을 살 수 있다오."
"그게 정말이오? 그럼 나도 가만 있을 수 없지."
나그네도 덩달아 고개에서 데굴데굴 굴렀어요.

소문*은 금세 온 마을에 퍼졌어요.
"삼년 고개에서 구르면 오래오래 살 수 있대."
"정말? 나도 삼년 고개에 가야지!"
사람들은 삼년 고개로 앞다투어 몰려갔어요.

*소문 : 여러 사람의 입에 오르내리면서 전하여 오는 말.

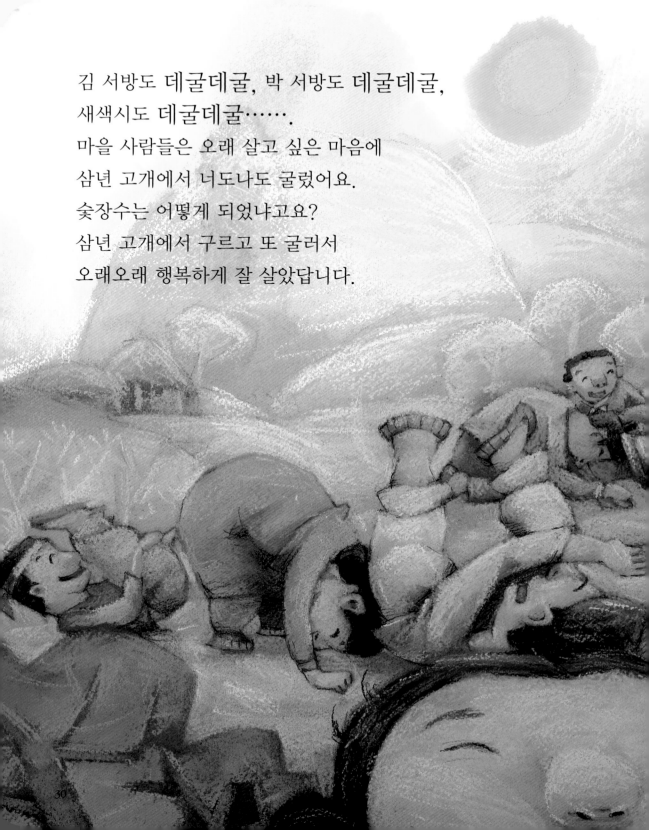

김 서방도 데굴데굴, 박 서방도 데굴데굴,
새색시도 데굴데굴…….
마을 사람들은 오래 살고 싶은 마음에
삼년 고개에서 너도나도 굴렀어요.
숯장수는 어떻게 되었냐고요?
삼년 고개에서 구르고 또 굴러서
오래오래 행복하게 잘 살았답니다.

삼년 고개

내가 만드는 이야기

아이들이 들려 주는 이야기를 들어 본 적이 있나요?
그 이야기 속에는 아이들의 무한한 상상력과 창의력이 담겨 있음을 발견하게 될 것입니다.
번호대로 그림을 보면서 앞에서 읽었던 내용을 생각하고,
아이들만의 상상력과 창의력이 표현된 이야기를 만들어 보게 해 주세요.

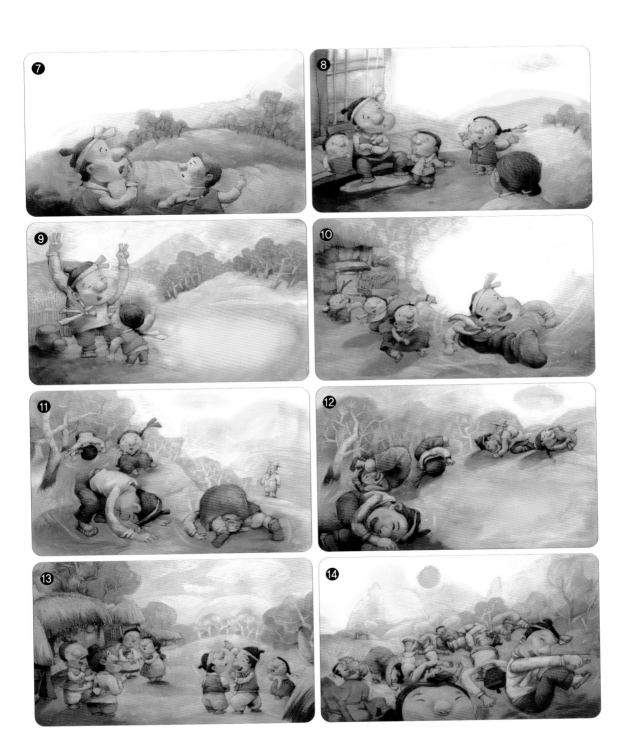

삼년 고개

옛날 옛적 숯장수와 삼년 고개 이야기

옛날, 넘어지면 삼 년밖에 살지 못한다는 삼년 고개가 있었습니다.

어느 숯장수가 삼년 고개에서 넘어지고 마음의 병을 얻고 앓아 누웠지요. 가족뿐만 아니라 이웃 사람들도 안타까워하며 문병을 왔습니다.

그러던 어느 날, 이웃집 소년이 찾아와 희망적인 이야기를 해 주지요.

삼년 고개에서 한 번 구르면 3년, 두 번 구르면 6년, 세 번 구르면 9년을 살 수 있다는 이야기였습니다. 숯장수는 그 길로 달려 나가 삼년 고개에서 구르고, 또 구르지요. 그 후부터 삼년 고개는 더 이상 사람들에게 두려움의 대상이 아니었다는 이야기입니다. 〈삼년 고개〉는 생각을 바꾸면 절망 뒤에 희망이 찾아온다는 교훈을 주는 재미있는 옛 이야기입니다.

우리 조상들은 전설에 대한 믿음을 일상 생활 자체로 생각해 왔습니다.

그리고 그 믿음에 순종하며 마음의 편안함과 생활의 행복함을 얻어 왔지요. 그래서 한 번쯤 생각을 바꾸어 그 믿음에서 벗어나기가 어려웠을 것입니다.

〈삼년 고개〉 이야기는 전설에 대해 맹목적으로 믿는 사람들을 비판하고, 생각을 바꾼 소년처럼 자신의 운명을 이겨 나가는 지혜가 필요하다는 것을 말해 주고 있답니다.

▲ 오랜 옛날부터 우리 생활에서 아주 유익하게 쓰이는 숯.